L'INTERNATIONALE

DISCOURS

PRONONCÉS A L'ASSEMBLÉE NATIONALE

SÉANCES DES 4 ET 13 MARS 1872

PAR

H. TOLAIN, député de la Seine

Prix : 25 Centimes

PARIS

E. DENTU, LIBRAIRE-ÉDITEUR

PALAIS-ROYAL, 17 ET 19, GALERIE D'ORLÉANS.

PARIS. — IMPRIMERIE DE E. DONNAUD, RUE CASSETTE, 9.

L'INTERNATIONALE

DISCOURS

PRONONCÉS A L'ASSEMBLÉE NATIONALE

SÉANCES DES 4 ET 13 MARS 1872.

ASSEMBLÉE NATIONALE.

SÉANCE DU 4 MARS 1872.

Présidence de M. GRÉVY.

M. LE PRÉSIDENT. L'ordre du jour appelle la discussion du projet de loi ayant pour objet d'établir des peines contre les affiliés à l'Association internationale des travailleurs.

La parole est à M. Tolain.

M. TOLAIN. Messieurs, les documents qui nous ont été distribués samedi, et qui avaient pour moi un grand intérêt, m'ont retenu chez moi; je tenais à en prendre connaissance, et voilà pourquoi je n'assistais pas à la dernière séance; si j'avais été présent, je me serais mis immédiatement à la disposition de l'Assemblée. Et j'ose espérer qu'elle n'a pu croire un seul instant que je me dérobais au débat. (Assentiment sur quelques bancs.) Je n'ai donc qu'à la remercier d'avoir remis à aujourd'hui la discussion du projet de loi.

Je ne veux pas, Messieurs, examiner la loi qui vous est soumise au point de vue juridique, je ne veux pas l'examiner comme un docteur en droit (Exclamations), ou comme un avocat ; ce que je trouve, et ce que j'ai le droit de dire, c'est qu'il eût été, à mon avis, beaucoup plus dans l'ordre des choses de discuter d'abord le droit d'association en général, plutôt que de viser particulièrement et spécialement une association.

Un membre. L'Assemblée a statué !

M. TOLAIN. Mais j'accepte le débat même sur ce terrain, et voici pourquoi : c'est que la loi qui vous est proposée porte plus haut et plus loin qu'elle n'en a l'air.

Dans la pensée des membres de la commission, je le crois, et même, je puis le dire, dans la pensée de la majorité de l'Assemblée, le projet de loi qui vous est soumis n'est pas seulement dirigé contre l'Association internationale des travailleurs, il a, je le répète, une plus haute portée : il vise, — c'est là ma conviction, — l'esprit de solidarité qui aujourd'hui se répand de plus en plus dans les masses ouvrières. (Réclamations.)

Si je voulais en chercher la preuve, je la trouverais non-seulement dans les termes mêmes du rapport, dans les articles, mais aussi dans d'autres projets de loi qui vous sont proposés, et où toujours la préoccupation première, constante, de toutes les commissions qui s'occupent des ouvriers, du droit d'association, est de viser d'abord cet esprit de solidarité qui pousse les ouvriers à s'entendre, à se concerter, à se réunir pour ce qu'ils appellent la défense de leur salaire.

Eh bien, Messieurs, il y a, il faut le dire, un phénomène étrange qui se produit de nos jours, et dont je trouve aussi la preuve, non-seulement dans le rapport, mais aussi dans les documents qui nous ont été distribués, dans les dépositions de toutes les personnes qui ont été appelées devant la commission du 18 mars : c'est que dans notre pays, en France, des hommes qui parlent la même langue, évidemment, ne s'entendent plus aujourd'hui sur aucune des questions qui nous sont soumises.

Dans les dépositions, je lis des choses qui émanent d'hommes dont je ne suspecte en aucune façon les sentiments de droiture et de générosité, et que je ne peux parvenir à comprendre ; de même assurément dans le monde au milieu duquel j'ai vécu, parmi la classe ouvrière, nous avons des idées, nous apercevons les choses d'un point de vue, et nous les discutons quelquefois en des termes tels que vous n'y comprenez rien non plus. (Mouvements divers.)

Un membre à droite. Vous ne parlez donc pas français ?

M. TOLAIN. Je dis, Messieurs, que c'est là un phénomène étrange, qui révèle bien l'état actuel de notre société. Aussi, la question qui vous est soumise est-elle une des plus graves, une des plus importantes, à mon avis, que vous puissiez discuter, beaucoup plus importante peut-être que bien des questions politiques qui vous passionnent.

Le point important, et que je voudrais, au début, examiner est celui-ci : au point de vue des ouvriers qui ont fondé l'Association internationale, quelles ont pu être les causes qui, dans leur esprit, les ont amenés à fonder cette association ?

Les causes sont de diverses natures, et il faut, pour ainsi dire, descendre dans quelques-uns des détails de l'industrie, et examiner aussi des phéno- mènes d'un autre ordre, pour se rendre compte des motifs qui ont poussé les ouvriers à établir un lien de solidarité entre les travailleurs de tous pays.

Un fait remarquable d'abord, c'est l'emploi, par les fabricants et les industriels, des travailleurs de tous pays, des travailleurs indigènes ou étrangers indistinctement, dans leurs ateliers, dès que ces pa- trons ou ces industriels trouvent à l'emploi d'un tra- vailleur anglais, allemand ou belge, une économie ou un salaire moins élevé à payer au travailleur. Si, en effet, le fabricant, l'industriel est absolument dans la limite de ses droits, alors qu'il paye des tra- vailleurs étrangers pour faire les commandes qu'il a besoin d'exécuter, il en ressort pour les ouvriers qu'il n'y avait rien que de très-naturel, de très-légiti- me, à s'entendre avec les travailleurs étrangers eux- mêmes pour empêcher leurs salaires de tomber, de descendre, de s'avilir par la concurrence.

On a dit : Il y a bien peut-être quelque chose d'an- tipatriotique dans cette façon de s'entendre avec les ouvriers étrangers. Mais dans les autres classes de la société, on avait donné aux ouvriers un exemple qui n'était pas plus patriotique.

Chaque fois, par exemple, qu'une grande compa- gnie financière annonçait une souscription pour con- struire à l'étranger un chemin de fer, pour mettre en exploitation une mine, pour développer, en un mot, l'outillage industriel d'une nation concurrente, sans se préoccuper le moins du monde si le développement industriel de la nation voisine allait faire une concurrence désastreuse à l'industrie nationale, les capitalistes allaient souscrire ces actions ; ils faisaient les chemins de fer italiens, espagnols, et bien d'autres entreprises, pourvu que l'intérêt que devaient leur rapporter les titres souscrits leur donnât un dividende supérieur à celui qu'ils auraient obtenu en France.

Je dois rappeler, — ce n'est pas moi qui l'ai dit, je n'aurais pas osé le dire, on l'a dit pour moi, — je dois rappeler que dans la question discutée à la tribune, au sujet des valeurs mobilières, on s'est écrié: « N'imposez pas les valeurs mobilières ! Le capital n'a pas de patrie, le capital s'enfuit dès que vous voulez l'imposer et, s'il trouve un intérêt un peu plus considérable à aller à l'étranger qu'en France, il ne manquera pas de le faire ! »

Or, si le capitaliste, dans différentes circonstances, a pu, sans être taxé d'antipatriotisme, développer la concurrence étrangère aux dépens du travail national, il n'y a rien d'extraordinaire à ce que les ouvriers aient cru de leur côté avoir le droit de se solidariser avec les travailleurs de tous pays pour le maintien du taux de leurs salaires.

M. LE COMTE BENOIST D'AZY. Je demande la parole.

M. TOLAIN. La discussion est à peine ouverte, vous aurez le temps de prendre la parole.

Il s'est produit un autre fait. Les traités de commerce sont venus ; ils ont été inopinément faits sous l'Empire. Le premier cri des industriels et des fabricants, dès qu'ils eurent connaissance de ces traités, fut celui-ci. S'adressant à leurs ouvriers, ils leur dirent : Les traités sont un malheur public, et vos salaires vont très-probablement diminuer par le fait de la concurrence étrangère! Nous allons être condamnés à faire des sacrifices, et vous serez vous-mêmes obligés d'en supporter votre part.

Quelle était la première conséquence de cette communication faite aux ouvriers? Ils devaient se dire : « Il n'y a, pour nous, qu'un moyen à prendre, c'est de nous tendre la main avec les travailleurs étrangers, afin que les salaires, se nivelant dans toutes les industries, puissent se régulariser, et que nous puissions défendre nos salaires! »

Il n'y a rien de bien extraordinaire dans ce fait. Du reste, cette pensée de solidarité s'est présentée bien souvent; elle est, je crois, dans la nature des choses, elle signale quelquefois une transformation dans la société. Nous avons eu beaucoup d'occasions de voir des sociétés de toute espèce qui, sans oublier la patrie, n'en étaient pas moins des sociétés établies sur la solidarité entre tous les hommes et faisant comme nous, comme l'Association internationale, sans distinction de couleurs, de croyances, de nationalités. Je n'ai pas besoin de rappeler que la franc-maçonnerie a été une grande association solidaire, que dans un autre ordre d'idées il s'est produit de grandes associations religieuses chez lesquelles l'esprit de solidarité est assurément très-développé; et sans entrer dans les détails, sans vouloir faire de comparaisons, je crois qu'au point de vue de ce qu'on appelle la patrie, il y a de grandes associations religieuses qui, assurément, ne mettent pas plus que l'Internationale la patrie au-dessous de la solidarité.

Le but de l'Association a été défini par les statuts. Je crois qu'aujourd'hui l'Assemblée presque entière en a eu connaissance, et qu'il serait inutile de lui en donner lecture, ce qui allongerait le débat. Mais il y a un fait que je veux signaler : pour attaquer aujourd'hui l'Association internationale, on prétend volontiers qu'elle obéit, que tous ses membres obéissent à un mot d'ordre; que de Londres, par exemple, ou de telle ville du continent où siégera le conseil général, il suffira du doigt levé du président du conseil pour faire obéir immédiatement sur toute la surface du globe les ouvriers qui se sont associés.

De même qu'on se sert aujourd'hui de cet argument, de même, à une autre époque, lorsque nous passions devant la police correctionnelle en 1868, le procureur impérial d'alors se servait, pour nous faire condamner, d'un argument complétement opposé, ce qui prouve que, selon les temps, on peut employer une arme absolument contraire pour aboutir au même résultat : une condamnation. Voici entre autre choses ce que disait le procureur impérial.

Nous objections que nous n'étions pas une société française, que nous étions une société universelle, et le procureur général répondait :

« Mais j'ajoute que, en fait, l'objection n'est même pas possible, car la section parisienne de l'Association internationale n'est pas une fraction de société étrangère; c'est une société française, distincte, indépendante de la société anglaise, avec laquelle elle n'a pas même des rapports de subordination, mais seulement de coopération et de solidarité.

» Est-ce que je me trompe, Messieurs? Ouvrez les statuts de l'Association internationale et lisez l'article 10. C'est lui qui vous a déjà répondu par ma voix :

» Art. 10. — Quoique unies par un lien fraternel
» de solidarité et de coopération, les sociétés ou-
» vrières n'en continueront pas moins d'exister sur
» les bases qui leur sont particulières. »

« Et le règlement de l'Association, article 14, ajoutait-il, « proclame et consacre l'empire de la loi de chaque pays sur les sociétés particulières qu'y fondera l'Association quand il dit :

« Art. 14. — Chaque section est libre de rédiger
» ses statuts particuliers et ses règlements confor-
» mément aux circonstances locales et aux lois de
» son pays, en tant qu'ils ne sont en rien contraires
» aux statuts et règlements généraux. »

Voix à droite. En tant que...! (Bruit.)

M. TOLAIN. Messieurs, si vous le désiriez, je pourrais lire les statuts généraux de l'Association internationale. Il n'y a rien dans ces statuts qu'un honnête homme ne puisse accepter.

Sur divers bancs. Oui! oui! — Lisez! lisez!

Sur d'autres bancs. Non! non! — On les connaît!

M. TOLAIN. Voici, Messieurs, ce que disaient les statuts généraux de l'Association internationale.

Au centre et à droite. Non! non! — C'est inutile!

M. TOLAIN. Cette lecture n'a pas une grande importance; je continue.

On a fait un grand reproche à l'Association internationale. Vous dire comment elle s'est faite, vous le savez tous. A un moment donné, au moment de exposition universelle de Londres, des ouvriers français, élus par leurs pairs, allèrent en Angleterre nouer des relations avec les ouvriers anglais. La nécessité de comparer les produits, de visiter les ateliers, de comparer la situation des ouvriers dans les deux pays ont amené des relations suivies, non-seulement entre les ouvriers anglais et les ouvriers parisiens, mais aussi les ouvriers lyonnais. Différentes causes engagèrent les ouvriers anglais et les ouvriers français à continuer ces rapports, et un beau jour on convint de fonder l'Association internationale.

J'ai eu l'honneur alors d'être, par quelques-uns de mes camarades, désigné pour aller à Londres, et je fus l'un des membres qui assistèrent au meeting de Saint-Martin's hall, où fut fondée, le 28 septembre, cette Association.

Le premier conseil fut nommé en séance publique, où il y avait des ouvriers anglais et étrangers appelés de tous les pays par affiches à ce meeting.

Les statuts, rédigés, nous furent transmis, et après quelques modifications, ils furent définitivement arrêtés. Dix mille exemplaires furent imprimés à Paris. Avant d'en lancer un seul, avant d'en distribuer un seul, nous prîmes le soin d'adresser une lettre à M. le ministre de l'intérieur et à M. le préfet de police, non pas pour demander l'autorisation de fonder une société. A tort ou à raison, — je ne veux pas entrer dans ce côté du débat, — à tort ou à raison, nous ne voulions pas demander l'autorisation de fonder une société; nous croyions que, dans un pays qui n'était pas libre alors, mais que nous voulions habituer à la liberté, nous croyions que toute association avait le droit de se fonder. (Murmures à droite.)

Messieurs, si vous êtes plus libéraux que moi, vous le ferez voir tout à l'heure. (Très-bien! très-bien! à gauche.) Nous croyions que dans un pays libre, — je ne changerai jamais d'avis sur ce point, et peut-être un jour, quand vous serez en cause (exclamations à droite), si ce n'est pas pour vous, ce sera pour les sociétés que vous auriez envie de fonder, vous pourrez reconnaître que j'avais raison.

Eh bien, Messieurs, nous croyions, et je crois encore que, dans un pays libre, on a toujours le droit de former des associations, alors qu'on est tout prêt à avertir l'autorité de son pays et à accepter les garanties de la publicité; alors qu'on peut donner tous les renseignements, non-seulement sur les statuts et le but poursuivi, mais sur la publicité des séances.

Voilà donc comment la déclaration fut faite; nous n'avons reçu à ce moment aucune réponse; aucun avis ne nous fut envoyé, ni pour continuer, ni pour cesser.

Pendant longtemps, l'Association marcha lentement; et c'est là un fait particulier qui a révélé l'état triste et malheureux de notre pays. Les ouvriers qui essayaient de fonder cette Association, ayant un but, une ligne de conduite, ces ouvriers, avaient dit : Nous voulons surtout dans ce pays, élucider particulièrement toutes les questions économiques qui intéressent la société, mais nous n'accepterons dans aucun cas le patronage d'aucune fraction politique.

Eh bien, cela nous valut de tous les partis politiques, de la part des uns une certaine défiance, de la part des autres de la haine; et pendant plusieurs années, ceux qu'on appelait à Paris les ouvriers internationaux ou les *gravilliers*, comme on le disait, furent, au milieu de nos luttes politiques, semblables, pour ainsi dire, aux anciens chrétiens qu'on livrait aux bêtes dans le cirque. (Exclamations sur un grand nombre de bancs.)

Un membre à droite. Comme les martyrs !

Un autre membre. Pauvres martyrs !

M. TOLAIN. Nous eûmes donc beaucoup de peine à former un groupe ; mais enfin de nombreux événements survinrent, qui donnèrent à l'Association internationale un certain relief, et qui la désignèrent de plus en plus à l'attention du gouvernement impérial.

Des grèves, assez fréquentes, eurent lieu à Paris, et, dès ce moment, on crut que l'Internationale avait soudoyé ou provoqué ces grèves.

Eh bien, j'en appelle ici à la bonne foi de tous ceux qui ont des documents, de tous ceux qui peuvent avoir des renseignements sur ces faits. Si je prends la liste des grèves qui ont eu lieu à Paris, pendant que fonctionnait le bureau de Paris de l'Association internationale, je défie qu'on trouve nulle part la main de l'Internationale pour fomenter ces grèves.

M. LE COMTE JAUBERT. Je demande la parole.

M. TOLAIN. L'Internationale s'est mêlée à des grèves, mais elle ne les a jamais provoquées. Voilà ce que j'indique. (Bruit à droite.)

Messieurs, l'Internationale n'était pas fondée pour empêcher les grèves évidemment. (Ah ! ah ! à droite.) Et dans l'état actuel de l'industrie, qui, je ne puis m'empêcher de le reconnaître et de le déclarer, est en réalité la guerre, il est inévitable et fatal que les grèves surgissent quelquefois des conflits qui s'élèvent entre les patrons et les ouvriers. Ce n'est point l'Internationale qui a inventé les grèves. Malheureusement, elles ont désolé notre industrie d'une manière bien terrible, bien avant que l'Internationale eût été fondée. Or, messieurs, quand on dit que l'Internationale a fomenté les grèves, il faut bien s'entendre. Il faut reconnaître qu'une fois ces grèves éclatées, lorsqu'elles ont paru justes à ceux qui formaient le bureau de l'Association internationale, elle leur a prêté son concours. C'était notre devoir, à notre avis, et nous l'avons rempli.

La grève des ouvriers bronziers, la première où l'Internationale a été mise en cause, n'a pas été provoquée par l'Internationale; et je mets au défi qui que ce soit de le prouver. Elle est venue d'un débat entre la société des ouvriers bronziers de Paris et la société des fabricants. Ce n'était même pas une question de salaire qui en fut la cause, mais une question de droit d'association.

Nous avons apporté notre appui et notre concours aux ouvriers bronziers qui étaient en grève, nous avons cru en cela accomplir un devoir de solidarité et de justice. En voulez-vous une preuve? Très-peu de temps après une grande grève a éclaté à Paris, la grève des ouvriers tailleurs. Eh bien, comme au moment de la grève du bronze, nous avions, dans la mesure de nos forces, apporté notre concours, les ouvriers tailleurs sont venus demander au bureau de l'Internationale de leur prêter son appui. Nous l'avons refusé... (Mouvement) pour deux raisons... (Chut! écoutez!) : la première, c'est que la grève nous paraissait inopportune; qu'elle allait créer des souffrances sans pouvoir aboutir; la seconde, et c'est la raison la plus haute, c'est que nous leur avons dit ceci : « La grève que vous tentez nous paraît avoir un côté qui pèche, le manque de justice. La grève que vous voulez tenter, si elle réussit, aurait pour résultat de commencer par faire élever le salaire des ouvriers qui aujourd'hui, dans votre profession, sont déjà le mieux rétribués, et de laisser dans une profonde misère l'immense majorité, les malheureux ouvriers tailleurs qui, travaillant pour la confection, gagnent à peine de quoi vivre au jour le jour. Dans ces conditions, le bureau de Paris de l'Association internationale ne vous prêtera pas son concours. »

Les tailleurs de Paris eurent l'appui des tailleurs de Londres, mais ce n'est pas l'intervention de l'Association internationale.

D'autres grèves eurent lieu, et une entre autres qui est très-importante et sur laquelle je tiens à dire ce que je pense, c'est la grève du Creuzot. (Ah! ah! — Ecoutez!)

Il y a eu à la grève du Creuzot un homme qui a été mêlé à tous les événements, à beaucoup des derniers événements de notre pays, et il est généralement accepté dans le public, malgré toutes les dénégations qui ont été faites à ce sujet, il est généralement accepté que c'est l'Association internationale qui a fait la grève du Creuzot.

Eh bien, je nie de la façon la plus absolue ce fait. Je dis que personne n'apportera ni un fait, ni un document qui puisse prouver que l'Association internationale a mis la main dans la grève du Creuzot. (Interruption.) La déclaration en a été faite par Assi, un jour, lors du troisième procès de l'Association internationale. Il a été démontré dans ce procès que non-seulement, d'après ses déclarations, il ne faisait pas partie de l'Internationale, — et ce n'était pas par crainte puisqu'au président qui lui demandait : « Faites-vous partie de l'Internationale? » il répondait : « Non, je n'en ai jamais fait partie, mais j'espère bien m'y mettre dès que je serai sorti du tribunal. » Ce n'était donc pas la crainte qui inspirait sa dénégation : il déclarait ce qui était vrai, à savoir qu'il n'avait jamais fait partie de l'Association internationale. A aucune époque, l'Internationale n'a mis la main dans la grève du Creuzot ; on n'apportera pas un fait, je dis pas un fait, pas une preuve, qui puisse établir qu'une action de l'Internationale ait eu lieu dans cette grève.

Tout le monde sait aujourd'hui... (Mouvements divers.)

M. LE COMTE JAUBERT. Et Fourchambault ?

M. TOLAIN. M. le comte Jaubert me dit : Et Fourchambault ? Si nous étudions la grève de Fourchambault, nous ne trouverons pas un seul document, mais voici ce que nous rencontrerons : Un rédacteur de la *Marseillaise*, Malon, qui a fait partie de l'Internationale, est allé au Creuzot, comme rédacteur de la *Marseillaise*, et à Fourchambault. Que celui-ci ait fait passer des fonds aux ouvriers grévistes, c'est possible, et je ne nie pas que le fait se soit produit dans certains cas... (Ah ! ah ! sur plusieurs bancs) ; seulement, je le nie de la façon la plus absolue pour le Creuzot. Jamais l'Association internationale n'a fait passer de fonds au Creuzot. Pour Fourchambault, cela est possible, et encore une fois je ne le nie pas. Oui, pour Fourchambault, l'Association n'a pas provoqué la grève, mais il se peut que pour Fourchambault, comme il se peut que dans certains autres cas, elle ait fait passer des fonds aux grévistes, alors que la grève était commencée. (Exclamations à droite.)

Mais, Messieurs, les membres de l'Internationale n'ont jamais nié avoir, dans certains cas, apporté leur appui moral et matériel aux ouvriers en grève. Ce serait une erreur complète de le croire. Je ne dis

pas cela, et j'indiquais tout à l'heure, que l'Internationale avait, dans la mesure de ses forces, apporté
son concours aux ouvriers du bronze, comme elle
l'a fait dans d'autres cas. Je dis ceci : nous n'avons
pas provoqué de grèves ; voilà le point important, le
point capital de ce que je soutiens. (Mouvement.)

La question des grèves, — puisque cela semble
avoir un certain intérêt, — est bien complexe ; il y
a eu d'autres grèves en France, qui se sont terminées
d'une façon bien grave et bien terrible, et dans lesquelles l'Internationale n'a pas mis la main, je vous
en réponds. Nous avons eu les désastres d'Aubin, de
la Ricamarie, et bien d'autres. Est-ce que vous
croyez que l'Association internationale a provoqué
ces grèves? Non!

Et ne savez-vous pas aujourd'hui que, malheureusement, des causes politiques se sont mêlées à
plus d'une de ces grèves, et que peut-être plus d'un
fonctionnaire de l'empire portera une responsabilité
plus lourde que celle que nous porterons? (C'est
vrai! — Très-bien! très-bien! à gauche.)

Ne savez-vous pas que, même en l'année 1870,
alors que notre malheureuse Alsace faisait encore
partie de la France, — elle est encore Française par
le cœur, — nous avons assisté à ces événements de
Mulhouse, où les ouvriers se mettaient en grève au
cri de : Vive Napoléon III!

Et n'a-t-il pas été dit et écrit dans les journaux de
l'Alsace de ce temps-là des choses qui démontrent
que la main des fonctionnaires de l'empire était
dans les grèves? (Réclamations sur plusieurs bancs
à droite.)

M. SCHEURER-KESTNER, C'est exact! (Mouvement
général.)

M. GALLONI D'ISTRIA. Dans quel but et dans quel intérêt?

M. SCHEURER-KESTNER. C'est parfaitement exact! (Réclamations et protestations sur un grand nombre de bancs à droite.)

M. GALLONI D'ISTRIA, *dans le bruit*. On accuse la police de l'empire d'avoir fait assassiner les pompiers dans leurs casernes; et, après le 4 septembre, on laisse délivrer et porter en triomphe les assassins du bagne! (Agitation confuse.)

M. TOLAIN. Il est fort extraordinaire qu'une association comme l'Internationale soit mise en cause, qu'on trouve bon de l'accuser non-seulement de ce qu'elle a fait, mais de tout ce qui arrive. Elle est aujourd'hui le bouc émissaire universel, et rien ne peut se passer dans le monde sans qu'immédiatement elle en soit rendue coupable et responsable. Et quand on a pris cette habitude de l'accuser de tout, je n'aurais pas le droit de dire à cette tribune ce que je sais, ce que je crois, alors qu'il s'agit d'un sujet comme celui des grèves!

On a dit, — il en a même été question dans des journaux que nous retrouverons, si c'est nécessaire, on a dit : Non-seulement il y a eu la main des fonctionnaires de l'empire dans la grève de Mulhouse; mais il y a eu encore des excitations faites par le clergé. (Vives réclamations et dénégations à droite et en face de la tribune.)

Voix nombreuses à droite et au centre. La preuve! la preuve!

M. MARTIAL DELPIT. Nous demandons la preuve, la preuve immédiate!

M. HAMILLE. C'est une calomnie! Il faut la preuve! (Interruptions diverses.)

M. MARTIAL DELPIT. Oui, la preuve immédiate !

M. TOLAIN. Je vous avais entendu la première fois, monsieur Delpit.

M. LE MARQUIS DE LA ROCHEJAQUELEIN. Il est plus facile de calomnier que de prouver !

M. TOLAIN. Je suis prêt à donner la preuve de ce que j'avance, puisqu'on me la demande, mais il faudrait me laisser le moyen de me faire entendre. (Le silence se rétablit.)

Eh bien, j'en ai la preuve dans les dépositions que j'ai entendues, dépositions qui ont été faites devant l'une des commissions de cette Assemblée, dont j'ai l'honneur d'être membre. Des pièces ont été apportées ; le sténographe qui assiste aux séances de la commission les a copiées ; elles sont à la questure, et vous pourrez les y consulter. (Rumeurs diverses.)

M. KELLER. Je demande la parole.

M. LE MARQUIS DE LA ROCHEJAQUELEIN. Ce n'est pas une preuve pour nous, tout cela ! Vous n'apportez pas de preuves.

Un membre. Quand on avance un fait, il faut pouvoir le prouver.

M. AUDREN DE KERDREL. Monsieur le président, vous ne pouvez pas permettre un outrage semblable au clergé français. (Très-bien ! — Applaudissements à droite.)

M. LANGLOIS. Le clergé est donc infaillible, indiscutable, monsieur de Kerdrel ?

Un membre à droite. Une accusation semblable a besoin de preuve.

M. DE LORGERIL se lève. (Ah ! ah ! — Les paroles qu'il prononce sont couvertes par le bruit des exclamations et des interpellations qui s'échangent.)

M. Martial Delpit. Voulez-vous me permettre un mot?

M. Tolain. Messieurs...

M. Lefébure. Comment peut-on, à la tribune, faire un pareil procès à l'un des clergés les plus patriotes de la France? Demandez à l'Allemagne.

A droite. La preuve! la preuve!

M. Langlois. Laissez parler M. Scheurer-Kestner, vous aurez la preuve. (Bruit.)

M. le président se lève, réclame le silence et se dispose à parler.

M. Martial Delpit. Monsieur le président...

Quelques membres. Attendez! Laissez parler le président.

M. Scheurer-Kestner. Je demande la parole pour un fait personnel.

M. Martial Delpit. Nous demandons qu'on envoie chercher les pièces à la questure.

M. le président. Veuillez vous asseoir, monsieur Delpit, et faire silence.

Je répondrai à l'honorable M. de Kerdrel que je n'ai jamais cru que le président de cette Assemblée eût un droit de censure sur les opinions qui se manifestent à la tribune. (Bruit. — Approbation à gauche. — Ecoutez! écoutez!)

Son devoir est d'empêcher qu'elles s'énoncent en termes délictueux ou inconvenants. L'orateur d'abord, l'Assemblée ensuite, le pays enfin sont seuls juges des opinions qui se produisent à cette tribune.

Si M. Tolain a adressé à une catégorie de citoyens, au clergé, une imputation accusatrice, c'est à lui à en apporter la preuve devant cette Assemblée... (Très-bien!) sous peine d'être jugé par elle, s'il est dans l'impuissance de le faire. (C'est cela!)

Quant au président, je le répète, il doit assurer et respecter lui-même la liberté de la tribune. Il ne peut être le censeur des opinions de ses collègues : sa mission est de maintenir l'ordre et de faire qu'à la tribune la discussion reste toujours dans les termes où elle doit se maintenir. (Très-bien! très-bien!)

Voix à droite. La preuve! nous demandons la preuve de ce qu'on a avancé!

Un membre. Allez chercher vos preuves, monsieur Tolain !

M. AUDREN DE KERDREL se lève et prononce quelques mots que le bruit empêche de parvenir jusqu'à la sténographie.

M. LE PRÉSIDENT. Veuillez faire silence, Messieurs, pour que je puisse entendre.

M. AUDREN DE KERDREL. Je demande... (Interruptions.)

Sur quelques bancs. A la tribune!

Un membre à gauche. La parole est à l'orateur! N'interrompez pas!

M. AUDREN DE KERDREL, *se tournant vers la gauche.* Je m'adresse à la loyauté de mes collègues; je m'adresse à l'autorité de M. le président et je demande la permission de lui poser cette simple question.

Si l'on avait ici l'audace d'attaquer l'armée, est-ce que M. le président se serait cru obligé à garder le silence? (Exclamations. — Mouvement prolongé.)

Eh bien, l'armée et le clergé... (Bruit.)

A gauche. Vous n'avez pas la parole!

M. AUDREN DE KERDREL... Le clergé et l'armée, unis dans le même patriotisme, unis dans le même esprit de dévouement et de sacrifice, le clergé et l'armée sont les deux colonnes les plus fermes de la société, les deux gloires les plus pures du pays. (Applaudissements à droite. — Bruit prolongé.)

M. LE PRÉSIDENT. Puisque M. de Kerdrel croit devoir insister, je ne puis que répéter qu'à mes yeux, le président n'est point un censeur, qu'il n'a point à contrôler les opinions qui sont exprimées par ses collègues dans leur liberté et sous leur responsabilité, lorsque ces opinions n'arrivent pas à constituer un délit, un outrage ou une inconvenance envers l'Assemblée ou quelqu'un de ses membres. (Très-bien !)

Il arrive souvent que des attaques aussi peu fondées que celle qui vient d'être hasardée... (C'est vrai ! — Applaudissements sur quelques bancs à droite.) se produisent à la tribune.

M. LANGLOIS. Peu fondées ! Qu'en savez-vous, monsieur le président ?

M. LE PRÉSIDENT. Tout récemment de vives attaques ont été dirigées contre la magistrature, dans la discussion de la loi proposée pour sa réorganisation ; elles n'avaient pas moins de gravité que celle qui vient de vous émouvoir. Personne, cependant, n'a songé à demander au président d'arrêter les orateurs dans l'expression de leurs opinions. (C'est vrai !)

Messieurs, l'entière liberté de la parole appartient à chacun de vous, sous votre responsabilité et sous le contrôle et le jugement de l'Assemblée nationale et de l'opinion publique. (Très-bien ! très-bien !)

Quant à l'interruption que m'a adressée M. Langlois, lorsqu'à ces mots prononcés par moi : « L'imputation est peu fondée ! » il m'a dit : « Qu'en savez-vous, monsieur le président ? » je lui réponds que j'en ai jugé à l'impuissance de l'orateur qui, sommé d'apporter ses preuves, n'a pu le faire encore. (Vive

approbation et applaudissements à droite et aux cen-
tres. —Mouvement prolongé.)

M. TOLAIN. J'ai à faire remarquer à l'Assemblée
qu'il m'était absolument impossible de donner une
preuve ou une explication, puisque l'Assemblée sem-
blait avoir le parti pris de m'empêcher de parler.
(Réclamations à droite.)

Plusieurs voix à droite. Au contraire! on vous
a écouté. — Parlez! parlez!

M. TOLAIN. Vous m'avez, depuis dix minutes,
chaque fois que j'ai voulu... (Bruit.)

M. LE PRÉSIDENT. Veuillez garder le silence,
messieurs.

M. TOLAIN. Depuis dix minutes, chaque fois que
j'ai voulu ouvrir la bouche, vous avez couvert ma
voix... (Rumeurs à droite), et, après m'avoir em-
pêché de parler, vous me dites : Vous n'avez pas
donné de preuves? Il faudrait au moins me donner
le temps de m'expliquer.

Plusieurs membres. Expliquez-vous?

M. TOLAIN. L'affirmation que j'ai apportée à cette
tribune était relative à la grève de Mulhouse. Eh
bien, les preuves dont je parlais, j'ai indiqué où
elles étaient, et celui de nos honorables collègues
qui a fait cette déposition était tout à l'heure au pied
de la tribune...

M. SCHEURER-KESTNER. C'est moi!

M. TOLAIN... et il me disait : « Je suis prêt à le
répéter et à en apporter les preuves! »

A gauche. Très-bien!

M. KELLER. Quand on porte une accusation pa-
reille, il faut la prouver sur-le-champ. Je demande
que M. Scheurer-Kestner prenne la parole, et je me
charge de lui répondre.

M. Scheurer-Kestner. Je la demande. (Agitation et bruit confus.)

Divers membres s'adressant à M. Tolain. Descendez de la tribune ! — Quittez la place ! — Laissez parler M. Scheurer-Kestner.

M. le président. Messieurs, veuillez donc faire silence. M. Scheurer-Kestner pourra avoir la parole après l'orateur...

Divers membres à droite. Non, tout de suite ! — Il faut vider la question à l'instant.

M. le président. Vous ne voulez pas apparemment, Messieurs, et le président ne veut pas non plus, que cette discussion dégénère en une enquête ou une instruction faite à la tribune. Vous entendrez les orateurs successivement. Puisque vous m'avez confié la direction des débats, veuillez me la laisser. (Très-bien ! très-bien !)

J'invite M. Tolain à continuer et l'Assemblée à l'entendre.

M. Tolain. Je quitte le terrain des grèves ; il me paraît dangereux pour le moment. (Oui ! oui ! — Rires sur quelques bancs.)

M. le baron de Laurenceau. Nous attendons toujours vos preuves ?

M. le baron de Jouvenel. Nous demandons que l'orateur s'explique sur la conduite du clergé !

M. le vicomte Arthur de Cumont. C'est de la calomnie !

M. Tolain. Je n'accepte pas votre interpellation.

M. de Cumont. Je vous l'adresse néanmoins, et la maintiens !

M. Tolain. Les calomniateurs ne sont pas ici, et je ne vous permettrai pas, sans vous répondre, de me dire de pareilles choses.

M. LE PRÉSIDENT. Veuillez ne pas entrer en colloque avec les interrupteurs, et vous, messieurs, veuillez laisser l'orateur continuer son discours, sans l'interrompre à chaque instant par des réclamations et des apostrophes.

Permettez-moi de vous dire que cet incident qui vous a si profondément émus est dû aux interruptions. (Dénégations et réclamations à droite.)

N'est-il pas vrai, j'en appelle à vous tous, que c'est en répondant à des interruptions que M. Tolain a été amené à lancer l'accusation dont vous vous plaignez?

Voix à droite. Non! non! du tout!

M. TOLAIN. C'est vrai!

M. LE PRÉSIDENT. Les interruptions ne profitent à personne. Veuillez vous en abstenir.

M. TOLAIN. Messieurs, à un moment donné, alors que, incontestablement, la Société internationale n'avait pas dévié de la ligne de conduite qu'elle s'était tracée, qu'elle s'était abstenue de tout acte et de toute ingérence politiques, un commissaire de police, au milieu de la nuit, descendit chez les membres qu'on croyait être les chefs de la Société internationale, alors que dans notre Association il n'y a point de chefs. (Ah! ah! à droite.)

Il est possible, Messieurs, qu'en considérant les anciennes habitudes et la façon dont se gouvernaient jadis les sociétés où il y avait toujours un chef, quel que soit le nom qu'on lui donnât, il est possible que vous trouviez étrange et que vous refusiez à comprendre qu'une grande association n'ait point de chef.

Eh bien, c'est encore un des côtés du phénomène que je vous signalais tout à l'heure : nous n'avons

plus les mêmes idées, nous ne procédons pas de la
même façon ; là où vous vouliez des chefs, nous
n'en voulons plus, voilà toute la différence. (Mouvements divers.)

Un membre. Alors, c'est l'anarchie !

M. TOLAIN. On fit, disais-je, des perquisitions...

Une voix à droite. Les chefs ! Vous en avez été
un !

M. TOLAIN. C'est une erreur : je n'ai jamais été
le chef de personne, et je ne veux pas l'être.

Un membre. La Commune en avait !

M. TOLAIN. La Commune, monsieur, ne me re-
garde pas, je vous prie de le croire.

On fit des perquisitions ; un procès eut lieu. A
partir de ce jour, commença ce que j'appellerai la
légende de l'Internationale, légende que toutes les
rigueurs, toutes les lois qu'on pourra édicter contre
l'Association ne feront absolument que continuer.
Ceci me paraît absolument indiscutable.

A partir du jour où le procès commença, l'Association internationale, dissoute deux fois, tomba
tout naturellement en d'autres mains, ainsi que le
prouvent non-seulement les événement, mais aussi,
— comme vous voudrez bien le reconnaître, — par
la force des choses, parce qu'il en est toujours ainsi ;
l'Association internationale, qui n'avait plus d'existence officielle, c'est-à-dire qui n'avait plus de ca-
dres, plus de contrôle régulier, puisque deux arrêts
de la cour de Paris, avaient deux fois dissous les bureaux et puni les membres qui en faisaient partie,
l'Association internationale tomba, tout naturellement, entre les mains des hommes aux tempéra-
ments les plus ardents, et ceux-là allèrent, tout
naturellement aussi, à la politique, d'autant plus

qu'ils étaient plus poursuivis et qu'on gênait plus leur action.

Et si, dans les derniers événements qui ont précédé la chute de l'Empire, les premiers fondateurs de l'Association internationale ne se retrouvaient pas dans la seconde réorganisation, c'est que les premiers, poursuivant leur idée, cherchaient à grouper et à solidariser les ouvriers d'une certaine façon, tandis que, au contraire, dans la seconde phase de l'Association internationale, on procédait d'une manière différente; je vais indiquer cette différence et comment je l'entends.

Au début, l'Association internationale avait eu pour objectif de former dans les ouvriers des groupes naturels, c'est-à-dire des groupes professionnels, où pussent entrer les ouvriers de la profession. Et alors, quand la profession était groupée tout entière, sans distinction d'opinions politiques, — puisque le groupe réunissait tous les ouvriers du même métier, — ce qui prédominait fatalement, nécessairement, c'était la question économique, c'était l'intérêt de la profession, l'intérêt du métier; la question politique, évidemment, ne pouvait être qu'un point secondaire.

Au contraire, après la dissolution des bureaux de Paris, après les procès, quand on a tenté la réorganisation de l'Association internationale, au lieu de procéder comme nous l'avons fait, au lieu de grouper les ouvriers professionnellement dans chaque métier, on a établi des sections par quartier, et alors ces sections, quelquefois aussitôt disparues que formées, sans contrôle, sans aucun stage de la part des membres, sans qu'il fût possible de contrôler, de faire une enquête sur la moralité ni sur les moyens d'existence de ceux qui entraient, ces sections quelquefois étaient fondées par des hommes qui n'étaient pas même membres de l'Association internationale.

On a vu ce fait assez curieux, le troisième procès l'a révélé : des hommes avaient ouvert des sections quoique n'étant pas membres de l'Internationale ; il y en avait qui n'avaient pas même lu les statuts de l'Association. Ces sections, dis-je, réunissaient des hommes appartenant à toutes les professions, surtout des hommes politiques ; c'était une sorte de recrutement.

Les premiers fondateurs de l'Internationale n'étaient pas entrés dans cette voie ; ils avaient essayé, au contraire, de reprendre, sous un autre nom, la même œuvre, alors qu'on a formé ce qu'on a appelé à Paris la *Fédération ouvrière*, c'est-à-dire les sociétés professionnelles des différents métiers, se reliant entre elles, pour former cette fédération ouvrière.

Mais il était bien difficile, quel que fût notre désir absolu de rester en dehors de la politique active, de ne pas nous mêler à la politique militante, car nous n'avions pas, on le pense bien, abandonné nos opinions comme citoyens ; il est évident que l'immense majorité des membres qui, à toutes les époques, ont composé l'Association internationale, soit à Paris, soit en France, était républicaine. (Rumeurs à droite.) S'il n'en eût pas été ainsi, probablement je n'aurais pas fait partie de cette Association. (Mouvements divers.)

Ce qu'il y a de certain, c'est que la politique active, dans les dernières années de l'Empire, devait fatalement, inévitablement se faire jour et surgir partout où il y avait un groupe d'hommes réunis, qu'ils fussent ouvriers ou qu'ils fissent partie d'autres classes de la société. La politique montait, montait tous les jours ; mais la preuve que cette Association, même à ce moment, n'était pas entrée dans la voie politique, cette preuve se trouve dans une lettre qui a été saisie au cours du procès et qui a été rendue publique : cette lettre date du meurtre de Victor Noir ou de quelques jours après ; elle était signée Varlin, qui fut depuis membre de la Commune; Varlin écrivait, dans cette lettre, à l'un des membres de l'Association internationale de Rouen, je crois, — mais le nom de la ville n'y fait rien, — et il racontait comment il n'y avait aucune organisation, comment les hommes qui étaient allés à l'enterrement de Victor Noir ne s'étaient pas entendus, n'avaient rien préparé, et cela l'inquiétait. Mais c'est la preuve matérielle que, à cette époque-là encore, il n'y avait aucune organisation politique préparée, aucun parti pris, et que le fait de la présence à l'enterrement de Victor Noir n'était pas le résultat d'un concert.

Voici encore un fait qu'il est bon d'indiquer ; il est antérieur à la déclaration de guerre de 1870.

A cette époque une protestation fut insérée dans tous les journaux, protestation dirigée contre la guerre ; ce ne fut point non plus le résultat d'un concert entre les membres de l'Internationale. Quelques membres de l'Internationale avaient fondé à Paris un petit cercle, le cercle mutuelliste, ils eurent le désir de protester contre cette guerre. La protestation fut faite et lue entre dix ou douze membres, des exemplaires en furent faits, et des signatures furent recueillies sur différents points. Les adhésions arrivèrent de tous côtés, toutes les sections de l'Internationale vinrent y adhérer, mais rien n'avait été concerté.

Au 4 septembre vous ne voyez pas trace de l'Internationale. L'Internationale, au 4 septembre, s'était réunie le jour même et, dans la nuit du 4 au 5 septembre, la plupart de ses membres anciens et nouveaux s'occupèrent de la situation qui était faite au pays. Il ne vint à la pensée de personne de gêner en quoi que ce soit les efforts du gouvernement de la défense nationale. La seule chose qu'on demanda au gouvernement par voie de délégués, ce fut la liberté de la presse, la liberté des réunions, la liberté des associations ; ce fut un vœu, pas autre chose.

Dans cette même séance, ou plutôt dans cette nuit du 4 au 5 septembre, cette Association qu'on a tant accusée de manquer de patriotisme, a cru devoir adresser au peuple allemand une lettre qui a été tirée à dix mille exemplaires et affichée sur les murs de Paris et dont tout le monde a pu garder le souvenir. Elle vous indiquera quelle a été à cette époque l'attitude qu'a prise l'Internationale, elle vous montrera s'il est vrai, comme on l'a dit et comme on a désiré le dire encore, que cette Association n'aime pas la patrie, qu'elle renie la patrie. Il pourra se rencontrer dans cette adresse des mots qui vous paraissent étranges, mais qui ne peuvent pas vous blesser; et vous verrez, en tous cas, que, si cela ne représente pas vos idées ou représente des idées qui sont absolument opposées aux vôtres, elles sont tout au moins patriotiques.

Voici ce qu'on disait au peuple allemand :

« Tu ne fais la guerre qu'à l'empereur et point à

la nation française, a dit et répété ton gouvernement.

» L'homme qui a déclaré cette lutte fratricide, qui n'a pas su mourir et que tu tiens entre tes mains, n'existe pas pour nous.

» La France républicaine t'invite au nom de la justice à retirer tes armées; sinon, il nous faudra combattre jusqu'au dernier homme et verser à flots ton sang et le nôtre... »

M. DE GAVARDIE. Pourquoi ne se sont-ils pas battus comme cela?

Voix à droite. Ce ne sont pas ceux-là qui se battent!

M. TOLAIN. Veuillez me laisser continuer, messieurs!

M. LE VICOMTE ARTHUR DE CUMONT. Où sont vos morts?

M. TOLAIN. Messieurs, je désire ne pas soulever de nouveaux orages ; mais je déclare que si des interpellations pareilles à celles qui m'arrivent se produisent encore, j'y répondrai comme je croirai devoir le faire pour ma dignité propre.

A gauche. Très-bien!

M. TOLAIN. On me dit : Où sont vos morts? On me dit encore : Ce ne sont pas ceux-là qui se battent!

Eh bien, je ne relève pas ces interruptions quant à présent ; mais je désire qu'elles ne se reproduisent pas, ou j'y répondrai.

Je demande qu'on me laisse continuer.

« Par la voix de 38 millions d'êtres animés des mêmes sentiments patriotiques et révolutionnaires, nous te répétons ce que nous déclarions à l'Europe coalisée en 1793 :

» Le peuple français ne fait point la paix avec un ennemi qui occupe son territoire.

» Le peuple français est l'ami et l'allié de tous les peuples libres. Il ne s'immisce point dans le gouvernement des autres peuples, il ne souffre point que les autres nations s'immiscent dans le sien.

» Repasse le Rhin!

» Sur les deux rives du fleuve disputé, Allemagne et France, tendons-nous la main, oublions les crimes militaires que les despotes nous ont fait commettre les uns contre les autres.

» Réclamons la liberté, l'égalité, la fraternité des peuples!

» Par notre alliance, formons les États unis d'Europe.

» Vive la République universelle!

» Démocrates-socialistes d'Allemagne, qui, avant la déclaration de guerre, avez protesté comme nous en faveur de la paix, les démocrates-socialistes de France sont sûrs que vous travaillerez avec eux à l'extinction des haines nationales, au désarmement général et à l'harmonie économique. » (Rires et bruits divers.)

« Au nom des sociétés ouvrières et des sections parisiennes de l'Association internationale des travailleurs. »

Une voix à droite. Des phrases, et pas autre chose!

Un membre. De qui est cette adresse? Les signatures?

M. TOLAIN. Cette affiche est signée de la plupart des membres de l'Association internationale présents à Paris.

Eh bien, qu'est-il arrivé? Est-il possible de sou-

tenir que l'Association internationale ait continué à
fonctionner à Paris pendant le siége? Non, vous ne
le pouvez pas, et vous le pouvez si peu que, dans le
rapport de M. Delpit, je vois un passage où il cons-
tate qu'après avoir examiné les procès-verbaux qui
lui ont été remis, — non la collection complète des
procès-verbaux, mais une partie de ces procès-verbaux, celle qui s'applique aux mois de janvier, fé-
vrier, mars 1871, — on est amené à dire que l'Association internationale n'a pas pris la part qu'on
croyait d'abord aux événements du 18 mars. Il ex-
prime aussi ce fait, que j'ai signalé moi-même dans
la commission, qu'elle n'a pas pris part au 4 septembre.

M. MARTIAL DELPIT. Je demande la parole.

M. TOLAIN. Nous lirons les rapports. (Oui! oui!
nous les lirons!)

M. MARTIAL DELPIT. Vous entendrez le rapporteur.

M. TOLAIN. La garde nationale absorbait à ce
moment-là tous les hommes, les ateliers n'existaient
plus; par conséquent, l'Association internationale,
en réalité, n'avait plus d'existence. Ce qui ne veut
pas dire que quelques-uns de ses membres ne se
soient pas réunis par hasard; mais ils n'avaient pas
d'influence politique. J'en ai la preuve dans le rapport qui nous a été distribué; j'ai lu aussi avec attention les rapports des commissaires de police appelés à donner des indications; j'ai vu partout cette
phrase qui se répète : « Il est probable... On peut
croire... Il n'est guère possible de douter que l'Association internationale ait fait ceci, ait fait cela... »
Mais quant à apporter un fait, une preuve, quelque
chose... Non, rien! rien!

Je remarque ce fait : le 31 octobre arrive à la

suite de Metz ; il y a des poursuites commencées contre les hommes qui ont fait le 31 octobre. Où sont donc les membres de l'Association internationale mis en cause?

Arrive le 22 janvier. Où sont les membres de l'Association internationale, qui ont été poursuivis, ou qui auraient dû être poursuivis?

Et plus tard, parmi les membres du Comité central, combien y a-t-il de membres de l'Internationale?...

Non, que vous examiniez le 31 octobre, le 22 janvier, le 18 mars, vous ne trouvez pas la main de l'Internationale dans ces événements politiques. Vous pouvez y voir mêlés certains de ses membres ; mais, s'il fallait de ce que certains des membres de l'Association internationale ont été mêlés à des événements politiques, en conclure que l'Association y a pris part, ce serait une manière de raisonner qui pourrait nous mener fort loin.

Dans la Commune, il y a eu quelques membres de l'Association... (Ah! ah!) Un nombre plus considérable que dans le Comité central, quinze ou dix-sept peut-être. Eh bien, je tiens à faire une remarque, c'est qu'au milieu de tous ces événements terribles, un jour, pendant les événements de la Commune, une minorité de la Commune a cru devoir protester contre la nomination du comité de salut public : ces membres de la minorité de la Commune étaient en partie des membres de l'Internationale. (Exclamations.) A ce moment-là eut lieu une grande réunion de l'Internationale à Paris, réunion dont ne parle pas le rapport qui nous a été distribué ; le procès-verbal n'est probablement pas parvenu entre les mains du rapporteur ; mais il n'en est pas moins vrai qu'il y a eu à Paris une grande séance de l'Association internationale et, qu'après un débat très-vif (Rumeurs), l'Association toute entière, dans cette assemblée générale, a décidé d'appuyer énergiquement la minorité de la Commune.

Or, s'il en est ainsi, il serait injuste de dire que l'Association internationale est la cause du 18 mars, qu'elle est la cause de la Commune, et qu'elle est la cause de tous ces autres événements.

Il y a eu évidemment d'autres causes, et le rapport dont je parlerai tout à l'heure, le montre bien. C'est en effet, sur le comité central qu'il fait en partie peser la responsabilité du 18 mars. J'ajouterai de plus que, pour qui a étudié cette question de l'Internationale, on peut remarquer que, parmi les membres influents du gouvernement de la Commune, la plupart de ceux qui ont été à la direction des affaires et qui ont eu une influence réelle sur les événements qui se sont passés, étaient presque tous des adversaires et d'anciens ennemis de l'Internationale. (Exclamations.)

Mais, dit-on, — et c'est ici qu'il y a un fait grave, — mais, dit-on, tout cela peut être vrai, ce que vous ne pouvez pas nier, non plus, c'est ceci : à Londres, à Genève, à Bruxelles, il y a eu des adhésions données aux actes de la Commune de Paris. (Ah!) Messieurs, malheureusement je ne puis le nier, et c'est justement pourquoi je dis que la situation de notre pays est grave ; c'est qu'un phénomène comme celui-là ne se produit pas sans qu'il révèle à quel point en est arrivé l'état d'antagonisme entre les classes.

Ce qui s'est passé, ces adhésions, ces déclarations de solidarité qui sont arrivées de Genève, de Bruxelles, de Londres, révèlent ceci, fait capital, que pour moi, je considère avec un certain effroi parce qu'il indique que, dans presque tous ces pays, les transformations industrielles accomplies depuis trente ou quarante ans, ont fait croire, à tort ou à raison — nous discuterons cela plus tard, — qu'il y a une déclaration de guerre entre la bourgeoisie et les classes ouvrières... (Dénégations et exclamations à droite et au centre.)

M. GASLONDE. Mais c'est un tissu de contradictions !

M. TOLAIN. Je vous dis, Messieurs, que ces faits ne peuvent s'expliquer que parce que, évidemment, la situation en est arrivée là. Eh bien, je dis qu'il faut examiner comment il peut se faire que, non-seulement en France, mais en Allemagne et en Angleterre, et partout, les classes ouvrières soient arrivées à ce point de se déclarer solidaires.

C'est un fait économique, qui est le même partout, et je dis que cette universalité du fait nous force à étudier la situation. (Interruptions).

En effet, Messieurs, quelle est la situation qui, aujourd'hui, dans la plupart des grandes nations industrielles, est faite à l'ouvrier? Si j'examine l'esprit qui avait guidé le législateur de 1789, je trouve qu'en démolissant les jurandes, les maîtrises, les professions fermées, il avait eu pour but de faire de la concurrence la règle des rapports sociaux entre tous les citoyens.

Ce qu'il a voulu sauvegarder, c'était la liberté du travail et le droit de se faire concurrence les uns aux autres. C'était là sa pensée.

Eh bien, si le législateur de 1789 revenait aujourd'hui, il serait fort surpris et il se demanderait comment il peut se faire que lui, qui rêvait la liberté du travail et la concurrence, il se retrouve en face d'une grande industrie, organisée telle qu'elle l'est aujourd'hui.

Il y a eu des transformations capitales et qui sont de diverse nature. Je veux en signaler quelques-unes, car ces transformations expliquent l'état d'esprit des ouvriers beaucoup mieux que ne pourrait le faire tout autre aperçu.

Un fait que personne ne peut nier, qui a une influence très-grande au point de vue économique, qui est une force économique, c'est ce qu'on a appelé la division du travail. Depuis 1789, depuis trente ou quarante ans surtout, ce fait de la division du travail ne peut plus être nié par personne; l'introduction des machines, d'autre part, est venue modifier complétement la situation de l'ouvrier. Je signale d'abord ce premier fait : l'ouvrier manquait complétement, c'est vrai, d'instruction théorique, mais il avait tout au moins, et d'une façon complète, une instruction pratique professionnelle; il était complet dans son métier, il faisait une chose entière; il pouvait, dans certains cas, prendre goût à son métier, à son art; il pouvait, à mesure qu'il travaillait, prendre jour par jour plus d'amour pour le travail, parce qu'il se sentait, pour ainsi dire, créateur.

La division du travail a renversé tout cela. Aujourd'hui la division du travail a transformé ce que nous appelions l'ancien artisan; elle l'a transformé en manœuvre (C'est vrai !), dépourvu d'instruction théorique; la division du travail a supprimé en même temps l'instruction pratique, le niveau du savoir professionnel va constamment en s'abaissant, et par conséquent sans instruction, sans savoir professionnel, n'ayant plus dans la plupart des cas qu'un travail mécanique, l'homme est menacé de s'abrutir peu à peu sous ce labeur machinal, et de perdre de plus en plus le goût du travail, car il n'en comprend pas le but, et il n'a pas conscience du travail qu'il accomplit. (Marques d'assentiment sur divers bancs.)

M. GASLONDE. Tout cela est très-vrai ; mais c'est en dehors des tendances et des agissements de l'Internationale !

M. DE BELCASTEL. C'est le procès de la société révolutionnaire nouvelle.

M. TOLAIN. Messieurs, l'introduction des machines a amené un autre résultat.

Et ici je m'empresse de déclarer que je ne suis en aucune façon l'adversaire des machines, bien au contraire. Elles joueront assurément un rôle civilisateur, elles l'ont déjà joué ; mais je ne veux l'examiner, quant à présent, qu'au point de vue des effets produits sur les travailleurs.

Voici le premier résultat de l'introduction des machines : c'est de créer, — et vous allez tout à l'heure comprendre ce que je veux dire, — c'est de créer un chômage endémique perpétuel et d'opérer dans l'industrie des déplacements douloureux et violents.

En effet, à mesure que les machines s'introduisent dans un atelier, comme elles permettent de produire dans une proportion beaucoup plus considérable qu'on ne le faisait la veille, avant que le développement des échanges n'ait pu ramener dans l'industrie la nécessité d'occuper le même nombre de bras qu'auparavant, il s'écoule toujours un intervalle fatal pendant lequel un certain nombre d'ouvriers sont mis en chômage. Comme ces progrès, ces introductions de machines sont incessants, ce chômage devient lui-même à son tour incessant, et ces déplacements sont d'autant plus dangereux qu'ils sont violents, que, du jour au lendemain, ils peuvent, dans telle ou telle profession, jeter un nombre plus considérable d'ouvriers sur le pavé.

Il y a donc là des déplacements violents; sans doute, l'équilibre se rétablit, dans la profession, au bout d'un certain temps, si le travail s'est développé. Mais pendant que l'équilibre s'est rétabli, d'autres découvertes ont été faites, d'autres machines ont été inventées, d'autres souffrances ont eu lieu sur un autre point. Il est évident que, partout où l'ouvrier aurait eu le droit d'association, afin de se garantir contre le chômage, un grand remède aurait pu être apporté à cette situation, mais il n'en est point ainsi, et les ouvriers ont été, dans la plupart des cas, sans défense contre les faits que je vous signale.

Il y a eu aussi d'autres faits qui ont amené une diminution, pourrait-on dire, dans le salaire, même dans les professions de luxe, même dans ces industries parisiennes où l'on croit, — ce qui est encore vrai, mais ce qui menace de ne plus l'être bientôt, — où l'on croit que la supériorité de l'ouvrier assure à tout jamais la supériorité de la profession; même là, grâce à un outillage perfectionné, il devient tous les jours de plus en plus frappant, de plus en plus évident que la supériorité artistique tend chaque jour à disparaître, et vous allez le comprendre. (Dénégations sur quelques bancs.)

Puisque mes observations semblent soulever

certains doutes, je vais chercher un ou deux exemples, afin de vous démontrer quelle est ma pensée.

Si je prends certaines industries, celle de la céramique, par exemple, dans laquelle, jadis, nous avions des décorateurs sur porcelaine très-habiles, de véritables artistes, — je ne dis pas qu'il n'en existe plus aujourd'hui, mais auparavant la profession presque tout entière était composée d'habiles ouvriers décorateurs, — actuellement sur la plupart de nos produits céramiques, à l'aide d'impressions et de procédés de chromo, on arrive à supprimer les décorateurs, et il ne se fait plus qu'un travail mécanique.

Dans la bijouterie, tout, autrefois, était produit par le travail manuel de l'ouvrier. Depuis, l'outillage s'est perfectionné, les graveurs estampeurs sont entrés dans cette profession. A l'aide d'un creux, d'une matrice, on a frappé, estampé des produits, des coquilles, des objets portant des arabesques, des dessins d'ornementation de toute nature.

C'est ainsi que l'ouvrier en est arrivé à n'avoir, pour ainsi dire, plus besoin d'habileté ; la plupart du temps, il lui suffit d'assembler des coquilles, des morceaux de cuivre, dont l'ornementation avait été frappée dans un creux. Et aussitôt que ces nouveaux modèles étaient employés en France, nos concurrents étrangers, les Allemands surtout, s'empressaient d'en acheter des exemplaires et d'en fabriquer de semblables, à l'aide desquels ils nous faisaient concurrence dans les autres pays. Notre supériorité artistique à Paris consistait à faire des modèles qui nous étaient, — je voudrais employer un mot honnête, — empruntés par les étrangers, afin de nous faire concurrence. Je pourrais citer

presque toutes les professions artistiques parisiennes, dans lesquelles un outillage perfectionné
tend à faire disparaître de plus en plus la supériorité
de l'ouvrier.

Un autre fait s'est produit : la nécessité de créer
de grandes usines, de grands ateliers, de grandes
maisons de fabrication et de commerce a amené la
concentration des capitaux. Il en est résulté fatalement, nécessairement, à mesure que le nombre des
ouvriers devenait plus considérable sur un même
point, une sorte de hiérarchie ; et, par suite de cette
hiérarchie, de cette grande agglomération d'ouvriers, les rapports, les relations entre le patron et
l'ouvrier ont peu à peu cessé. Or lorsqu'il s'agit,
pour l'ouvrier, de subir le contact des intermé-
diaires, les rapports deviennent plus difficiles, et
beaucoup de grèves, sinon à Paris, du moins en
France et à l'étranger, ont trouvé là leur origine et
leur explication, parce qu'il n'existait plus de communication directe entre l'ouvrier et le patron,
parce que l'ouvrier était dirigé par des intermé-
diaires. (C'est vrai ! c'est vrai !)

M. GASLONDE. C'est très-exact !

Quelques membres à droite. Oui, parfaitement
exact !

M. TOLAIN. D'un autre côté, les nécessités de la
concurrence ont eu un résultat bien regrettable et
que je vous signale, parce qu'il est très-grave.

On a dit souvent que, dans notre pays, il y avait
une tendance à la dissolution de l'esprit de famille,
et cela est vrai, malheureusement. Mais est-ce bien
aux classes ouvrières qu'on peut, sur ce point,
adresser le plus lourd reproche ? Je ne le crois pas.

Je ne veux pas dire que ceux qui, les premiers,

ont engagé les femmes et les enfants dans les tra-
vaux des usines et des ateliers ont eu conscience de
la portée de leur acte. Ils subissaient une loi terrible, c'est possible, celle de la concurrence ; mais
ceux-là aussi qui ont vu l'esprit de famille se dissoudre, ceux qui ont vu leurs femmes et leurs enfants abandonner le foyer pour aller gagner quelques
sous dans une usine, dans une manufacture, où on
rencontre presque toujours la promiscuité des sexes,
ceux-là n'en sont pas responsables et ce n'est pas
eux qu'il faut accuser.

De tous ces événements, il est résulté ceci : alors
que, par suite de ce qu'on a appelé sous l'Empire
un développement considérable de la richesse, alors
qu'on pouvait dire à la tribune du Corps législatif
que la propriété immobilière et la propriété mobi-
lière étaient montées en quinze ans de 50 et même
de 75 p. 100, on avouait que le salaire n'était monté
que de 22 p. 100.

Or, quoique ce chiffre soit considérable, l'écart
entre la plus-value de la propriété et l'augmentation
du salaire vous donne déjà une indication des souffrances que la classe ouvrière pouvait supporter.
(Chuchotements.)

Mais il y a un fait bien remarquable, et les enquêtes faites par la Chambre de commerce de Paris,
— par conséquent il s'agit de chiffres officiels, —
ces enquêtes faites en 1846 et en 1860 prouvent ce
fait étrange, c'est que s'il est vrai que le salaire
quotidien, le salaire journalier soit monté dans une
certaine proportion, le salaire annuel est descendu
dans une proportion considérable. (Mouvements
divers.) Ce sont les chiffres officiels de la Chambre
de commerce de Paris. C'est de la comparaison de

ces chiffres en 1846 et en 1860 qu'on tire cet argument. Oui, le salaire nominal de l'ouvrier a monté, mais le salaire annuel sur lequel l'ouvrier et sa famille peuvent établir leur budget, ce salaire est descendu.

M. GASLONDE. Et si cela vient de ce que les ouvriers font le lundi et le mardi?

M. TOLAIN. Permettez, Messieurs, que j'achève.

Et pendant que ce fait se produisait, le chiffre des affaires annuelles du fabricant et de l'industriel augmentait de 100 p. 100. Il y a là, messieurs, un fait que je vous signale. Je ne veux pas m'y appesantir plus longtemps.

Un membre. Expliquez-le !

M. TOLAIN. Que je l'explique ? Je crois vous l'avoir expliqué. (Oui ! oui !)

M. LE PRÉSIDENT. Continuez votre discussion et ne répondez pas aux interpellations.

M. TOLAIN. Il y a là, disais-je, un fait très-curieux, très-grave, et qui indique bien la situation dans laquelle se trouvent les ouvriers. D'un côté, abaissement du savoir professionnel, — ceci était inévitable ; — d'un autre côté, chômages plus prolongés, puis abaissement du salaire annuel, situation plus grave pour les ouvriers, et par conséquent très-difficile.

Et de plus, en présence du développement de la richesse générale, ils se disent : Toutes ces merveilles, tous ces progrès, ces chemins de fer, ces télégraphes, ces machines, tous ces développements de richesse que nous voyons sous nos yeux chaque jour, à qui profitent-ils? Presque jamais à nous ! (Réclamations au centre et à droite. — Mouvements divers et prolongés.)

S'il est vrai que, soit par le fait du chômage, soit par le fait de la cherté générale qui s'est produite depuis vingt ans, le salaire de l'ouvrier n'ait pas monté dans une proportion équivalente à ses besoins... (Si ! si ! à droite.)

Je le nie, messieurs, et mon affirmation...

Un membre à droite. Sans preuve !

M. TOLAIN.... ne devrait pas rencontrer ici de murmures, même quand elle ne serait pas acceptée par vous, car ce n'est pas la première fois qu'elle s'est produite...

M. BUISSON (de l'Aude). Elle a toujours été réfutée !

M. TOLAIN. Eh bien, vous aurez l'occasion de venir la réfuter à cette tribune, et je vous écouterai avec beaucoup d'intérêt.

Un membre. Il n'y a rien à réfuter, il n'y a pas de chiffres !

Un autre membre. C'est tout à fait vague !

M. TOLAIN. Des chiffres ! je vais vous en citer puisque vous le désirez ; je dois en avoir ici quelques-uns.

Si je prends certaines professions comme celle des tailleurs, par exemple, je trouve que, d'après l'enquête de la Chambre de commerce de Paris, en 1846, le salaire moyen était de 3 fr. 60, et qu'il était de 4 fr. 25 en 1860. Donc, le salaire quotidien s'était élevé ; mais si je cherche le salaire annuel... (Nouvelles exclamations à droite.)

Un membre. Parbleu ! si les ouvriers ne veulent pas travailler !

M. TOLAIN. Je trouve que le salaire annuel qui était de 900 fr. en 1846, était tombé à 743 fr. 75 en 1860...

Un membre au centre. Combien de jours ont-ils travaillé?

Un autre membre. L'exemple est mal choisi! Cela ne s'applique pas à l'industrie!

Voix à gauche. N'interrompez pas! — Vous répondrez!

M. TOLAIN... et que le chiffre des affaires qui, en 1846, n'était que de 80 millions, était monté à 112 millions en 1860. Par conséquent ce n'est pas le manque d'affaires dans l'industrie qui explique le fait. Je ne veux pas relever l'interruption qui m'a été faite tout à l'heure, mais je ne saurais croire que, quand, en 1860, au prix où étaient alors toutes les choses nécessaires à la vie, les ouvriers ne gagnaient que 743 fr. par an, on puisse les accuser de n'avoir pas voulu travailler et gagner davantage. (Interruptions à droite.)

Mais il y a un autre fait très-considérable aussi et que je tiens encore à vous signaler, c'est celui-ci:

A mesure que les grandes industries s'organisent, le chiffre des capitaux nécessaires pour devenir patron devient de plus en plus considérable, et il en résulte que l'ouvrier se trouve de plus en plus enfermé et d'une manière fatale dans le salariat. (Nouvelles interruptions à droite.)

Un membre. Indiquez le remède!

M. RICOT. Et les ouvriers qui sont devenus patrons!

M. TOLAIN. On me dit: Et les ouvriers qui sont devenus patrons!

M. TARGET. Et millionnaires!

M. TOLAIN. Soit, patrons et millionnaires, dix fois et cent fois millionnaires, si vous voulez; mais cela ne change rien à la question que je viens d'indiquer.

Il y a eu des ouvriers qui sont devenus patrons et millionnaires, soit. Mais le fait que je vous signale, c'est que le nombre des patrons va toujours en diminuant, et que, pour les ouvriers, l'espoir d'arriver comme jadis, au prix de leur travail et à force d'économie, à conquérir, après un certain temps, leur liberté et leur indépendance, cet espoir disparaît complétement... (Réclamations à droite. — Mouvements divers.)

M. RICOT. Les ouvriers sont plus libres que les patrons ! Est-ce que les patrons n'ont pas des engagements, des échéances, auxquels il leur faut songer à satisfaire ? (Bruit.) Quand la journée finit, l'ouvrier peut se reposer, et c'est alors souvent que les soucis du patron commencent.

M. TOLAIN. Je parle, pour les ouvriers, de la conquête de leur indépendance et de leur liberté.....

Plusieurs voix. Parlez donc de l'Internationale !

M. TOLAIN. On me dit : « Parlez de l'Internationale ! »

Mais, Messieurs, si les faits que je vous signale et sur lesquels j'appelle votre attention, quelle que soit l'opinion que vous ayez, ont cette importance, c'est qu'ils sont appréciés comme je vous l'ai dit, et ils expliquent comment se fondent les sociétés ouvrières qui ont pour but de fournir aux travailleurs une garantie et des moyens d'émancipation.

Qu'importe, à leur point de vue, que des patrons aient été d'anciens ouvriers, si le nombre en devient tous les jours moins considérable? Qu'importe en effet à la classe ouvrière tout entière qu'il sorte de ses rangs un petit nombre de patrons? qu'importe qu'il en sorte dix, si le reste de la classe tout entière n'en demeure pas moins lié au salariat? Et c'est ce qui arrive avec la grande industrie. (Mouvement.)

Un membre. La société ne peut rien faire à cela!

M. TOLAIN. On a cherché à remédier au mal, et des tentatives de toute nature, des tentatives généreuses ont été faites, des essais philanthropiques ont été tentés pour améliorer la situation des ouvriers.

Il en est, Messieurs, des moyens philanthropiques comme de bien d'autres : ils sont complétement insuffisants pour remédier à cette situation. On a tenté quoi? On a tenté, dans certains pays et dans certaines usines, des crèches. De telle façon que l'on fournissait aux femmes le moyen d'aller travailler en mettant l'enfant à la crèche. C'est par ce moyen qu'on a vu peu à peu se dissoudre le sentiment de la famille. (Exclamations à droite et au centre.)

M. GALLONI D'ISTRIA. Comment! on a détruit la famille en soutenant les enfants!

M. RICOT. Aime-t-on mieux les tours que les crèches?

M. TOLAIN. Je n'accuse pas les intentions des honorables industriels qui ont fait ces tentatives, je dis que le résultat a été tel que je l'indique.

Et voulez-vous que je vous signale, à cet égard, un fait très-remarquable? Il a été publié, dans le temps, dans le sixième bulletin de la santé publique en Angleterre. Au moment où la guerre d'Amérique avait arrêté la fabrication du coton, tous les malheureux ouvriers du Lancashire ne vivaient que de la mendicité et de la charité publique : on s'est aperçu que la mortalité des enfants diminuait.

Savez-vous à quoi cela tenait? A ce que les femmes, n'ayant plus de travail, n'étant plus enfermées dans l'usine, pouvaient alors allaiter elles-mêmes leurs enfants, et si insuffisante que fût leur nourriture, elle valait encore mieux que celle qu'on donnait d'habitude aux enfants dans les crèches et à la porte des usines, ce qu'on appelle le cordial de Godfrey. Et combien de faits pareils à ceux-là ? (Interruptions diverses.)

J'ai vu des tentatives philanthropiques de diverse nature : j'ai vu ce qu'on a appelé les économats de chemins de fer ; j'ai pu constater moi-même les effets produits sur les ouvriers. Je le répète encore, je n'ai en aucune façon l'intention de chercher quel a été le mobile ; je suis convaincu que le mobile de ceux qui ont fondé ces institutions était généreux. Mais est-ce que vous ne vous trompez pas quelquefois, alors que vous faites des tentatives? Eh bien, je vous dis que ces tentatives n'ont pas réussi ; ces moyens philanthropiques ne changeront pas, ils y sont impuissants, la situation qui est actuellement faite aux ouvriers.

Plusieurs voix: Trouvez d'autres moyens !

M. TOLAIN. Tout à l'heure l'on me disait : Parlez de l'Internationale ! Maintenant on me dit : Trouvez d'autres moyens ! Il est évident que je parlerai encore pendant longtemps, si je veux répondre à toutes les interruptions; je le ferai, si c'est possible. (Mais non ! mais non !)

Je signale un fait, messieurs, c'est celui-ci : il y avait peut-être encore pour le peuple, pour la majorité des ouvriers, un moyen d'essayer de lutter contre la tendance à la misère qui les envahit peu à peu. C'était celui-ci : organiser leur crédit, et sur ce point il aurait fallu les aider. Qu'a-t-on fait? Nous avons vu, pendant vingt ans, faire ce qu'on a appelé avec tant d'exactitude le drainage des capitaux populaires; nous avons vu, à l'aide de promesses plus ou moins réelles, à l'aide de dividendes fabuleux mis en avant, faire venir dans les grandes compagnies anonymes, dans les grandes sociétés financières, toutes les petites épargnes qu'avaient pu réaliser les ouvriers. Et il est arrivé ce fait étrange que toutes les petites épargnes sont allées se concentrer entre les mains d'un certain nombre de personnes qui ont monté les grandes associations, les grandes compagnies anonymes, les grandes sociétés financières, les grandes maisons de crédit, et, par conséquent, dans beaucoup de cas, c'est avec l'argent du peuple, celui qui aurait pu lui servir à se créer un crédit à lui-même, qu'on a organisé la grande industrie qui, aujourd'hui, l'enferme dans le salariat. (Exclamations sur un grand nombre de bancs.)

M. LÉONCE DE GUIRAUD. C'est la liberté!

M. PAGÈS-DUPORT. Vous ne voulez donc pas l'association des capitaux? Vous attaquez le principe de l'association!

M. TOLAIN. C'est ce qu'on a appelé, sous l'empire, la démocratisation du crédit. Je dis que ça été le moyen à l'aide duquel on a créé tous ces monopoles, tous ces priviléges qui aujourd'hui pèsent si lourdement surtout sur la classe ouvrière. (Réclamations sur plusieurs bancs à droite et en face de la tribune.)

M. GALLONI D'ISTRIA. L'Internationale est une société de bienfaisance!

M. TOLAIN. Quoi qu'on en puisse dire, les mêmes faits économiques, les mêmes transformations industrielles se répètent dans tous les pays à mesure que se développe l'industrie. Partout vous voyez se produire les mêmes phénomènes, c'est-à-dire les grèves, les associations d'ouvriers, parce que la situation est devenue telle, qu'ils sentent que c'est seulement par l'association qu'ils pourront résister à cette tendance à la misère qui va s'accroissant de jour en jour. (Réclamations.)

Plusieurs membres à droite. Allons donc! allons donc!

M. TOLAIN. Nous nous sommes placés dans cette situation étrange que depuis 1789, à mesure que, successivement, un plus grand nombre de citoyens étaient appelés à la vie politique, et alors que nous avons aujourd'hui pour seule et unique base le suffrage universel, par une contradiction extraordinaire, nous voyons peu à peu, au point de vue économique, se constituer ce qu'on appelait, hélas! — et il n'y a pas d'autre mot à employer, une grande féodalité industrielle et financière... (Murmures.)

M. LAMBERT DE SAINTE-CROIX. C'est la liberté.

Un membre au centre. Que voulez-vous mettre à la place?

M. TOLAIN... Que nous voyons, dis-je, se reconstituer une grande féodalité industrielle et financière, tenant aujourd'hui dans ses mains tout l'outillage social, et qui est évidemment, par le crédit, par les moyens de transport, maîtresse absolue du pays. (Allons donc! sur quelques bancs.)

Un membre au centre. On disait déjà cela en 1848!

M. TOLAIN. Je dis qu'il y a là une contradiction flagrante et dangereuse, et qu'il est absolument nécessaire, dans la situation actuelle, de procéder à l'étude de mesures pour rétablir exactement l'égalité dans les conditions de travail entre tous les citoyens.

Cette égalité dans les conditions de travail entre les citoyens est absolument rompue. On a parlé d'un projet ; on a mis en avant certains procédés, ainsi qu'une idée qui a été accueillie avec quelque faveur ; on a mis à l'étude la question de la participation des ouvriers dans les bénéfices. (Mouvement.)

Je dis que ce procédé de participation, qui me paraît être une excellente chose dans certains cas et sur certains points, n'est pas un procédé qui, actuellement, puisse améliorer la situation de la classe ouvrière. Je dis que ce procédé, n'étant pas susceptible de généralisation, ne peut pas améliorer la situation de la classe ouvrière tout entière. Je dis qu'aujourd'hui, à côté de patrons et d'industriels qui réalisent de très-grandes fortunes, il y en a qui vivent à peine et il y en a qui se ruinent. (Interruptions.)

M METTETAL. Cela a été de tout temps !

M. TOLAIN. Je vous dis... (Nouvelles interruptions.) Je tiens à répéter ma phrase, parce que je suis convaincu qu'elle n'a pas été entendue : Je dis que s'il y a des patrons qui gagnent de l'argent, il y en a qui luttent avec difficulté et d'autres qui se ruinent.

Je dis que cette participation ne peut pas être généralisée, et que c'est par d'autres procédés...

Un membre. Indiquez-les !

M. TOLAIN. On m'a déjà reproché de m'écarter de mon sujet, qui est l'Internationale.

M. DUFAURE, *garde des sceaux.* Non ! non ! Parlez ! parlez !

M. TOLAIN. Si j'obéis à votre désir quand vous

4

me dites : Indiquez-les ! si je vous les indique, vous me direz encore bien plus que je suis en dehors du sujet. (Non ! non ! — Parlez !)

M. LAMBERT DE SAINTE-CROIX. Indiquez le remède.

Un autre membre. Il ne faut pas soulever des questions comme celle-là !

M. TOLAIN. Je dis, Messieurs, que la participation est un moyen insuffisant ; que ce qu'il faudrait faire, puisque vous m'amenez sur ce terrain, ce qu'il faudrait faire à mon avis, c'est rétablir, comme je vous le disais tout à l'heure, ce que j'appelle l'égalité dans les conditions du travail entre tous les citoyens. (Bruit à droite.)

Plusieurs membres. Expliquez-vous ! — Donnez un moyen pratique !

M. TOLAIN. Puisque vous me conviez à parler, et bien que cela ne rentre pas dans le débat, je ne demande pas mieux. Je vais essayer alors, pour me bien faire comprendre, de vous indiquer ce que je pourrais appeler un idéal.

Et cet idéal étant donné, comme je sais qu'il est impossible de réaliser du jour au lendemain certaines transformations, qu'il y faut le temps, la mesure et la possibilité, vous saurez que cet idéal n'est absolument pour moi que quelque chose qui doit se réaliser dans l'avenir, mais que c'est vers ce but que l'on doit se diriger peu à peu et progressivement. (Interruptions à droite. — Parlez ! parlez !)

Je dis, Messieurs, qu'il y a dans la société présente, organisée comme elle l'est pour l'industrie, certaines choses que j'appellerai les grands services publics, et dont on pourrait obtenir la transformation, la modification, afin de rétablir ce que j'appelle l'égalité dans les conditions du travail.

Je vais vous donner un exemple pour bien vous faire comprendre ma pensée ; si je parviens à vous faire saisir cet exemple, vous pouvez l'appliquer à toutes les autres branches des services publics ; c'est le même procédé.

Nous avons, en France, un grand service que je considère comme un instrument merveilleux ; je n'invente donc rien ; ce service public qui fonctionne tous les jours, c'est l'administration des postes.

Voici ce qui se présente. L'administration des postes prend une lettre à Paris, et quel que soit le point du territoire où cette lettre doive arriver, qu'elle soit transportée par un chemin de fer ou un facteur, quelle que soit la distance, quels que soient les frais de transport, cette lettre est transportée moyennant un prix unique pour tous les citoyens, quels qu'ils soient.

Il y a là une indication précieuse, et je me demande si, au point de vue de l'égalité dans les conditions du travail, on ne pourrait pas appliquer le même système à un autre service, celui des chemins de fer. (Interruptions.)

Je vous ai dit que j'allais vous indiquer un idéal... (Oui ! — Parlez ! parlez !) afin de me faire comprendre. Vous voyez pour ainsi dire mon projet avec un verre grossissant. Ce que je demande, c'est qu'on se dirige progressivement vers cet idéal.

Est-ce qu'aujourd'hui il ne serait pas possible, à l'exemple de la grande administration des postes, qui transporte une lettre sur quelque point du territoire que ce soit pour un prix unique, faisant ainsi une moyenne des frais de transport, est-ce qu'il ne serait pas possible que les chemins de fer arrivassent progressivement, tout doucement, à transporter sur tout le territoire de la France, quelle que soit la distance, un kilogramme de marchandise, pour un prix unique et déterminé? (Interruption. — Parlez!)

Je prends un autre fait. Il y a quelque chose qui est, de nos jours, absolument nécessaire à l'industrie manufacturière, à la grande industrie, c'est la houille. Eh bien, pour rétablir l'égalité dans les conditions du travail, ne serait-il pas possible de ramener la tonne de houille à un prix uniforme pour tous ceux qui la consomment et en ont besoin pour leur travail? (Mouvements divers.)

Ne serait-il pas possible de faire de cela un service public? Je ne veux pas dire, qu'on ne se trompe pas sur ma pensée, que l'État devrait s'emparer de tous les services publics et les exploiter lui-même directement, non : je suis l'adversaire des grands services publics exploités par l'État; mais je crois que l'État devrait, par le moyen de l'adjudication, concéder l'exploitation des services publics à toutes les sociétés ou à toutes les compagnies qui se chargeraient de les faire au meilleur marché. Or, c'est le contraire qui, jusqu'à présent a été fait, et les grands services publics, au lieu d'être, en définitive, une exploitation au profit de tous les citoyens, sont souvent une exploitation de tous les citoyens au profit des actionnaires de ces compagnies. (Marques d'assentiment à gauche.)

Si sur tous les points du territoire, la houille, qu'on a appelée le pain de l'industrie, si les moyens de transport, les moyens de crédit étaient ramenés à cette sorte d'unité économique, vous auriez rétabli pour tous les citoyens, quels qu'ils fussent, ce que j'appelle l'égalité dans les conditions du travail, laquelle, en réalité, n'existe plus aujourd'hui.

Non-seulement la difficulté de devenir patron est devenue beaucoup plus grande par suite des capitaux énormes qui sont devenus nécessaires et de l'impossibilité d'établir une concurrence avec un faible capital, mais les grandes compagnies, soit au point de vue du crédit, soit au point de vue de l'achat des matières premières, soit au point de vue des débouchés, se trouvent dans des conditions dix fois plus favorables que moi, et je suis par avance condamné à échouer et par conséquent à ne jamais tenter de devenir indépendant et libre.

S'il est vrai qu'en France aucun citoyen ne se soit trouvé lésé par ce fait, la poste transportant les lettres moyennant un prix unique et uniforme, je ne vois pas quel dommage pourrait être causé aux citoyens par l'emploi du même procédé appliqué au service des transports.

Je dis que ce n'est pas là toucher au travail individuel, au travail libre, à la concurrence; je dis que c'est permettre, au contraire, à tout le monde de se faire concurrence dans de réelles conditions d'égalité, et qu'il ne resterait plus aucune différence entre les travailleurs, que celle résultant de leur intelligence, de leurs aptitudes et de leurs capacités. (Chuchotements prolongés.)

J'ai voulu, messieurs, en quelques mots, vous indiquer quel était, à mon avis, le moyen de transformer la situation.

M. DEPEYRE. Et le capital?

Plusieurs membres. N'interrompez pas!

M. TOLAIN. Je crois que du jour où, en accordant aux ouvriers la liberté nécessaire, la liberté d'association, que beaucoup de patrons et d'industriels réclament déjà pour eux, vous attaquerez très-résolûment les monopoles et les priviléges, qui rendent si difficile la situation de tous les petits patrons et de tous les petits industriels, vous apporterez dans la société un très-grand soulagement. L'antagonisme indéniable, qui existe aujourd'hui, ira toujours s'affaiblissant le jour où les classes ouvrières seront absolument convaincues que résolûment et courageusement on se met à la transformation des abus.

Tant que cette conviction ne sera pas entrée dans les consciences, cet antagonisme ne disparaîtra pas, et comme fatalement, inévitablement, la tendance actuelle a pour but d'augmenter tous les jours le nombre des salariés, de transformer presque complétement la nation en fonctionnaires, en salariés, ou en commis, c'est-à-dire en hommes qui ne sont ni libres, ni indépendants... (Exclamations) vous diviserez de plus en plus la société en deux classes, et le nombre de ceux qui ne posséderont pas ira toujours en augmentant. (Interruptions.)

M. PAGÈS-DUPORT. C'est une erreur! Tout le monde devient propriétaire dans nos campagnes.

M. TOLAIN. La tendance actuelle est de diminuer de plus en plus, et de faire disparaître ce qu'on appelait jadis la petite bourgeoisie, la classe moyenne, comme industriels et comme fabricants.

On me dit que le nombre des propriétaires augmente. Oui, le nombre des propriétaires du sol, et, si le paysan se déclare satisfait, c'est que lui, il est libre, indépendant, il est son maître! (Interruptions diverses.)

M. Pagès-Duport. Pourquoi l'ouvrier n'achète-t-il pas du sol?

M. Tolain. Le jour où à l'industrie qui va toujours en se développant et qui entraîne après elle un plus grand nombre d'ouvriers, le jour où au travailleur industriel vous aurez pu donner l'équivalent de ce que la Révolution de 1789 a donné au paysan, ce jour-là vous n'aurez plus à craindre ni les sociétés secrètes, ni l'Internationale, parce que ce jour-là l'ouvrier se sentira libre. (Exclamations et interruptions à droite. — Marques d'approbation à gauche.)

M. Pagès-Duport. Le paysan travaille et l'ouvrier ne travaille pas, voilà la différence!

M. le duc de Marmier. Il n'y a que des citoyens; il n'y a plus ni ouvriers ni paysans!

Plusieurs voix. Expliquez-vous. De quel équivalent voulez-vous parler?

M. Tolain. L'équivalent, Messieurs, est celui-ci... (Ah! ah! Écoutez!) : l'équivalent que demande le travailleur industriel est évidemment, dans la situation actuelle, comme je l'ai dit, d'une part, une transformation des grands services publics qui ramène l'égalité dans les conditions du travail; d'autre part, des institutions de crédit qui puissent mettre plus facilement à la portée du travailleur le crédit, qui aujourd'hui n'est en réalité qu'un crédit monopolisé. (Rumeurs sur plusieurs bancs. — Assentiment sur d'autres.)

D'autre part, là où existe la grande industrie, là où l'effort collectif est nécessaire, il est évident que, quoi qu'on veuille et quoi qu'on fasse, la tendance inévitable, fatale, de la classe ouvrière sera de marcher à l'association, soit qu'elle l'ait pu conquérir elle-même par une instruction plus complète que jusqu'à présent personne ne lui a donnée, qu'on n'a pas su ou qu'on n'a pas pu organiser en sa faveur. (Rumeurs.) Oui, messieurs : ou bien par une instruction plus complète elle arrivera par elle-même à l'association, ou bien les grands industriels, comprenant enfin la situation terrible, la situation difficile et dangereuse dans laquelle est entrée la société actuelle, sauront eux-mêmes associer leurs travailleurs. Si cela n'est pas, il est évident que peu à peu, loin de voir diminuer l'antagonisme, vous le verrez s'accroître ; vous verrez peu à peu la petite bourgeoisie, le petit industriel, disparaître enfermés dans le prolétariat, et vous vous trouverez, avant qu'il soit longtemps, en face d'une crise aussi terrible que celle que vous venez de traverser, crise inévitable si, tout à la fois, vous ne prenez pas les mesures nécessaires pour transformer la situation économique et la situation industrielle, et si vous ne savez pas reconnaître ce qu'il y a d'exigences légitimes dans ces réclamations nécessaires pour constituer en France le droit d'association.

Et c'est justement parce que ce droit d'association est absolument nécessaire, parce que ce droit d'association est considéré par nous comme un droit naturel, que, je vous le dis, messieurs, la loi sur l'Internationale, qui vous est proposée, n'a aucune raison d'être ; c'est à vous de déterminer, comme elles doivent l'être, dans un pays républicain, les règles du droit d'association. Mais ne faites pas contre l'Internationale une loi spéciale qui, au lieu de tourner contre l'Internationale, tournerait en sa faveur, car, ainsi que je vous le disais en commençant, vous allez, par vos rigueurs, en continuer la

légende. (Mouvements et bruits divers. — Applaudissements à l'extrême gauche.)

SÉANCE DU 13 MARS 1872.

Présidence de M. MARTEL.

M. LE PRÉSIDENT. La parole est à M. Tolain.

M. TOLAIN. Messieurs, avant qu'on ne passe au
vote de l'article 1er, je désire, — tout en me ren-
fermant dans le cadre de cet article, — présenter
quelques observations.

J'ai été étonné, hier, en entendant l'honorable
rapporteur de la commission dire, au début de son
discours, que la loi qui nous était proposée n'avait
pas pour but de gêner la liberté des ouvriers, alors
qu'ils voulaient s'entendre et se concerter pour les
intérêts communs, même par delà la frontière. Je
croyais, puisque l'article 1er vise d'abord et spécialement la suspension du travail, je croyais que c'é-
tait, tout au contraire, pour empêcher les ouvriers
de différents pays de s'entendre et de se concerter,
que la loi était faite. Mais cela tient peut-être à une
théorie que j'ai déjà rencontrée et qui consiste à
dire : Il est légitime que les ouvriers puissent s'entendre et se concerter pour la défense de leur salaire ; mais il est illégitime, il est dangereux, il est
coupable qu'ils puissent suspendre le travail.

C'est là une façon d'envisager la liberté de s'entendre et de se concerter que je considère comme
toute platonique, et si, alors que j'ai présenté des
réclamations à un industriel ou à un fabricant et
que ces réclamations ne sont pas admises, il ne
m'est pas permis de suspendre le travail pour essayer de les faire triompher, je considère comme

absolument illusoire le droit que vous m'accordez
de me concerter et de m'entendre.

M. SACASE, *rapporteur*. Ce droit sera réglé par la
loi qui s'élabore en ce moment sur les coalitions.

M. TOLAIN. Ce droit, dites-vous, sera réglementé
par une loi qui va venir, ou plutôt par deux lois, car
la loi spéciale qui nous est présentée aujourd'hui
préjuge par avance deux lois qui sont encore entre
les mains de deux commissions dont une seule a dé-
posé son rapport, la loi sur l'abrogation des articles 291 et 292 et la loi sur les coalitions.

Or je dis que la loi actuelle préjuge par avance et
la question du droit d'association et la question du
droit de coalition, car si l'article 1er de la loi qui
vous est proposée et qu'on vous demande de voter
est voté par vous, admettrez-vous qu'il soit permis à
une association nationale ou à une association locale
de faire ce qui serait défendu à une association internationale, c'est-à-dire de pousser à la suspension
du travail? Permettrez-vous aux autres associations
nationales de porter atteinte à ce qu'on désigne
dans l'article 1er sous les noms de droit de propriété,
de famille et de patrie? Je ne le crois pas. Il y a là
évidemment un jugement porté par avance et qui a
pour but d'empêcher le concert et l'entente des ouvriers pour la suspension du travail.

A ce point de vue, je demande à l'Assemblée la
permission de lui présenter quelques observations.

Je prends certains faits.

Un jour, par exemple, dans une mine des Bouches-
du-Rhône, voisine de la frontière piémontaise, une
grève éclate, par suite d'une diminution des salaires.
Il était possible d'imposer cette diminution des
salaires aux ouvriers, parce que, près de la frontière

piémontaise, on pouvait avoir des ouvriers piémontais à meilleur marché. Or, voici le fait qui se présente.

L'exploitation des mines de charbons n'était possible qu'en vertu de l'autorisation donnée par la nation elle-même. De sorte que, en vertu de l'autorisation nationale, les exploiteurs de la mine de houille, à un moment donné, expulsaient les travailleurs nationaux, pour leur substituer les travailleurs étrangers. Tout cela pour amener un abaissement du salaire.

Dans beaucoup de cas, nous nous trouvons en ace de grandes compagnies, qui vivent en vertu d'un monopole, d'un privilége légal, qui jouissent parfois même de subventions accordées par l'Etat, voire même de garanties d'intérêt. Est-ce que les actionnaires de ces compagnies, représentées par leur conseil d'administration, auront le droit d'aller à l'étranger chercher des travailleurs étrangers pour faire concurrence aux travailleurs nationaux, afin de produire l'abaissement du salaire? Dans beaucoup de nos professions, même dans les professions libres, si je prends nos grandes industries, les industries métallurgiques, textiles, des constructions navales, l'industriel, le fabricant, protégé dans la plupart des cas contre la concurrence étrangère par des droits de 10, 20, 30 p. 100, aura-t-il le droit d'aller à l'étranger chercher des travailleurs pour faire concurrence aux ouvriers nationaux? De telle sorte que toutes les fois que le travailleur pourra se trouver dans cette situation, comme consommateur, il payera plus cher les objets qu'il consomme, et comme travailleur, il pourra voir baisser le taux de son salaire par la concurrence des travailleurs étrangers. (Très-bien! très-bien! à gauche.

Je dis qu'il y a là un fait complétement anormal, et quand on entre dans cette voie de réglementation et de protection, il n'est plus possible de s'arrêter. (Interruptions à droite.)

Dans ce moment je ne saisis pas le caractère des interruptions; il m'est donc impossible d'y répondre.

Mais je dis ceci: est-il possible, oui ou non, alors qu'un pacte ou un contrat social relie entre eux tous les citoyens d'un même pays, de dire qu'il n'y a pas entre eux une sorte de contrat passé qui leur donne mutuellement la garantie pour leur travail et pour l'échange de leurs produits? Je dis que si la loi qui vous est proposée était acceptée, il y aurait là, pour moi, quelque chose comme une rupture du contrat social... (Exclamations à droite.)

Et Messieurs, on ne me fera pas, je l'espère tout au moins, le reproche de vouloir mettre à l'index des travailleurs étrangers qui pourraient venir en France : ceci ne rentre point dans mes opinions. Mais je dis que si vous protégez un industriel et un fabricant par des droits de douane contre la concurrence étrangère, tout en lui permettant d'occuper des travailleurs étrangers, je dis qu'au point de vue du travailleur national, on peut considérer qu'il y a rupture du contrat social... (Nouvelles exclamations.)

Un membre. Et la concurrence!

M. TOLAIN. J'entends prononcer le mot de concurrence. Est-ce que vous acceptez la concurrence alors que vous mettez un droit de 10, 20, 30 p. 100 sur les marchandises à la frontière? Vous parlez de concurrence! mais la loi de la concurrence vous la violez chaque jour par toutes les créations de monopoles et de priviléges qui constituent aujourd'hui l'industrie française. Est-ce ainsi que vous faites la concurrence, l'égalité?

Savez-vous où vous conduit le système que vous indiquez? Lorsque vous voulez interdire à l'ouvrier le droit de suspendre simultanément le travail pour la défense de son salaire, vous entrez dans une voie qui vous oblige à condamner, pour ainsi dire, le patron à occuper les travailleurs constamment et sans chômage. Est-il un industriel qui puisse accepter cette situation, qui puisse s'engager à occuper par avance et sans chômage ses ouvriers? (Interruptions.)

M. ROBERT DE MASSY. Je demande la parole.

M. TOLAIN. La question, du reste, me paraît jugée... (Oui! oui!), et bien que l'article 1er laisse beaucoup de prise à la discussion, à la critique, malgré ce que vient de dire M. le garde des sceaux au sujet de ce qu'on appelle provoquer à l'abolition du droit de propriété, de la famille et de la religion, comme nous aurons, à propos de la discussion du projet de loi dont M. Bertauld est le rapporteur, la possibilité de discuter les effets de cet article, je me réserve de demander, à ce moment, ce que c'est que le principe de la propriété.

Non pas que je le nie, — je ne voudrais pas qu'on s'y trompât, j'aurai d'ailleurs l'occasion d'expliquer comment je l'entends, — non pas, dis-je, que je nie la propriété; au contraire, je l'affirme plus peut-être que beaucoup parmi vous qui croient en être les défenseurs... (Exclamations sur plusieurs bancs à droite et au centre.)

Un membre en face de la tribune. Tant mieux!

M. TOLAIN. On a dit aussi à cette tribune — et ces paroles étaient dans la bouche de M. le Président de la République, — qu'il y avait du socialisme dans l'impôt. Eh bien, je vous montrerai qu'en effet vous avez mis le socialisme dans l'impôt, et depuis longtemps, et de la façon la plus terrible pour la propriété...

Un membre. A l'article 1er !

M. TOLAIN... car le jour où ceux que vous craignez auraient le pouvoir, ils pourraient se servir admirablement de votre loi pour atteindre la propriété. Oui, en ce moment, le socialisme est dans l'impôt, et je le prouverai quand nous aurons à discuter ce qu'on entend par le droit de propriété, par la famille et par la religion. (Mouvement.)

Je suis prêt à le discuter de suite, messieurs, si vous le voulez. (Non ! — Bruit.)

Je ne veux plus répondre qu'à un seul mot.

M. Fresneau nous disait hier : Je ne craindrais pas l'Association internationale, si nous avions dans notre pays, au jour où nous sommes, certaines garanties ressemblant soit au parlement anglais soit à la monarchie !

Je réponds que si la conciliation et l'apaisement des esprits, hélas ! ne peuvent se faire qu'en réorganisant la société présente sur les bases indiquées par M. Fresneau, qui sont la hiérarchie et la subordination, je crois que nous serons longtemps avant de nous entendre et que nous sommes en face de nouvelles crises, car la société que je rêve, dont je désire l'avènement, est fondée sur le libre développement de toutes les facultés, l'égalité des droits et la réciprocité des services. (Très-bien ! très-bien ! à gauche.)